TITRES

DES

TRAVAUX SCIENTIFIQUES

de B[in] CORENWINDER.

TITRES

DES

TRAVAUX SCIENTIFIQUES

DE Bⁱⁿ CORENWINDER.

CHIMIE PURE.

CHIMIE INDUSTRIELLE.

6. Procédé nouveau pour déterminer la valeur industrielle du noir animal. (*Comptes-rendus de l'Académie des Sciences* ; 1853).

7. Sur la prise en charge de la régie dans les fabriques de sucre indigène. — Recherches chimiques sur la betterave. (*Journal d'Agriculture pratique* ; 1858).

CHIMIE AGRICOLE.

8. Recherches sur la composition des substances alimentaires destinées au bétail ; en collaboration avec M. Dufau. (*Mémoires de la Société des Sciences de Lille* ; 1854).

9. Recherches chimiques sur la composition du lait de vache, avant et après la parturition. (*Mémoires de la Société des Sciences de Lille* ; 1855).

10. Mémoire sur la production du gaz acide carbonique par le sol, les matières organiques et les engrais. (*Annales de physique et de chimie* ; 1855).

11. Expériences sur la puissance fertilisante des tourteaux indigènes et exotiques. (*Journal d'Agriculture pratique* ; 1856).

12. Recherches chimiques sur la betterave pendant la seconde période de sa végétation. (*Comptes-rendus de l'Académie des Sciences* ; *Mémoires de la Société des Sciences de Lille* ; 1857).

13. Le phosphate de chaux dans la culture des terres fertiles. (*Journal d'Agriculture pratique* ; 1859).

14. Recherches chimiques sur la betterave. (*Mémoires de la Société des Sciences de Lille* ; — *Comptes-rendus de l'Académie des Sciences* ; 1865.)

15. Recherches chimiques sur la betterave (Suite). (*Archives du Comice agricole de Lille* ; 1866).

16. Recherches chimiques sur la betterave (Suite). — Influence de la graine. (*Mémoires de la Société centrale d'Agriculture de France* , 1866).

17. Recherches chimiques sur la betterave (suite). (*Archives du Comice Agricole de Lille* ; 1867.)

18. Recherches sur les substances alimentaires destinées au bétail. (2ᵉ *Mémoire*). (*Archives du Comice Agricole de Lille*; 1869.)

19. Recherches chimiques sur la betterave (suite). (*Mémoires de la Société des Sciences de Lille ;* 1870.)

20. Études sur les résidus des industries rurales. (*Archives du Comice Agricole de Lille;* 1873.)

21. Expériences sur la culture des betteraves. (*Archives du Comice Agricole de Lille* ; 1874.)

22. Station agronomique. — Bulletin des analyses (1 à 163). (*Archives du Comice Agricole de Lille.*)

23. Les engrais chimiques et la betterave ; en collaboration avec M. H. Woussen. (*Annales de l'Agriculture* ; *Comptes-rendus de l'Académie des Sciences ;* 1875.)

24. Influence de l'effeuillaison des betteraves. (*Annales de l'Agriculture ; Comptes-rendus de l'Académie des Sciences :* 1876.)

25. Recherches sur l'acide phosphorique des terres arables ; en collaboration avec M. Contamine. (*Annales de l'Agriculture; Comptes-rendus de l'Académie des Sciences ;* 1877.)

AGRICULTURE.

26. Mémoire sur la culture du lin. (*Bulletin de la Société impériale et centrale d'Agriculture de France ;* 1855.)

27. Culture et conservation du navet. (*Journal d'Agriculture pratique ;* 1857.)

28. Considérations sur l'emploi de l'engrais flamand en agriculture. (*Journal d'Agriculture pratique ;* 1860.)

PHYSIOLOGIE VÉGÉTALE.

44. Nouvelles études sur la composition et les fonctions des feuilles. (*Annales agronomiques*; *Comptes-rendus de l'Académie des Sciences*; 1878).

45. De l'influence des feuilles sur la production du sucre dans les betteraves; en collaboration avec M. Contamine. — sous presse — 1878.

CHIMIE VÉGÉTALE.

46. Étude sur la migration du phosphore dans les végétaux. (*Annales de physique et de chimie*; 1860.)

47. De la migration du phosphore dans la nature. (*Mémoire de la Société des Sciences de Lille*; 1862.)

48. La mer des Sargasses. (*Mémoire de la Société des Sciences de Lille*; 1866.)

49. L'arachide, son fruit; l'huile et le tourteau qu'on en retire. (*Archives du Comice Agricole de Lille*; 1869)

50. Analyse de la châtaigne du Brésil (Bertholletia excelsa). (*Mémoires de la Société des Sciences de Lille*; 1870.)

51. De la soude dans les végétaux. (*Mémoires de la Société des Sciences de Lille*; 1874.)

52. La noix de Bancoul (Aleurites triloba). (*Annales Agronomiques*; *Comptes-rendus de l'Académie des Sciences*; 1875.)

53. Études comparatives sur les blés indigènes et exotiques. (*Annales Agronomiques*; 1875.)

54. La banane, la patate (*Annales Agronomiques*; 1876.)

55. Le panais; en collaboration avec M. Contamine. — Sous presse; (1878.)

RAPPORTS ET DISCOURS.

Discours prononcé à la séance solennelle de la Société des Sciences de Lille; décembre 1872.

Plus un grand nombre de mémoires sur la question des sucres, ainsi que les rapports annuels sur les travaux de la Société industrielle du Nord de la France, depuis sa création jusqu'à la fin de l'année 1877.

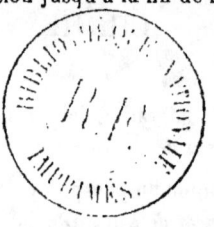

www.ingramcontent.com/pod-product-compliance
Lightning Source LLC
Chambersburg PA
CBHW070805200626
46811CB00023B/2455